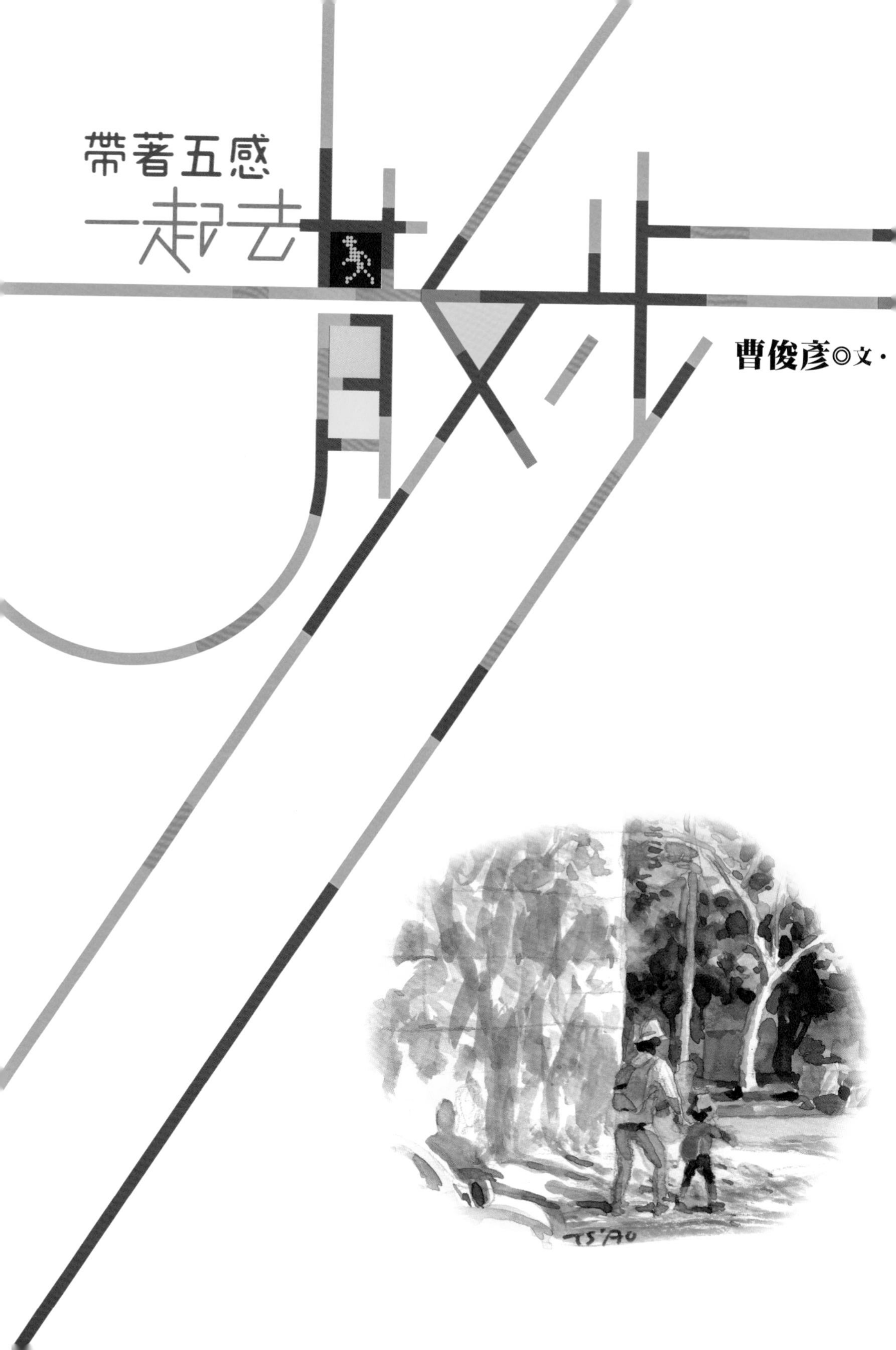
帶著五感
一起去
曹俊彥◎文・
TS'AO

一起去散步吧！

散步，就是給自己一些自由的時間，自由的走動，自由的東張西望，自由的胡思亂想。

照這麼說，散步最好是獨行。可是有時候，當你有所發現，有所感觸，或想到什麼好點子時，又真希望有人可以傾訴與分享，和自己有共鳴！

所以，有時候有伴同行一起散步也不錯，或是等散步回來時，透過書寫與圖畫和好友分享。

就這樣，我把散步時的發現與感觸，或當時冒出的鬼點子寫下來，畫出來。你來閱讀，你就是和我「一起去散步」的好夥伴。歡迎你！

曹俊彥

二〇二二年五月九日

緣起

散步是我的功課

和出版社編輯討論書寫圖畫書的導讀，她知道我每天為了復健，定時步行。談完正事，便聊一聊步行時碰到的趣事。她覺得很有意思，建議我寫或畫下來，和更多人分享。

以前因為工作關係，大部分時間都「宅」在家裡。如果有機會外出開會、演講或評審時，一定帶著簡單的畫具和方便的速寫本，利用等車或其他空檔的零星時間，隨機畫些風景或人物的速寫，一方面當作日記，同時也滿足愛畫圖的欲望。

但最近，步行是復健的功課，一出門就一直走，認真的走，沒有休息空檔，就不再帶速寫本了。只有那麼一次，忍不住站在街頭畫街景，發現兩腿無力，無法久站。原來以前能夠隨意站著，愛畫多久都可以，是因為有腿力支撐，現在想

要描繪散步所見，看來只好先借助拍照的方便及快速，來捕捉一些畫面了。

還好手機十分輕巧，有數位攝影以及隨意放大的功能，真是便利。帶著手機，加上一枝鉛筆和一本速寫本，就可以邊散步邊蒐集資料。在現場以攝影為主，必要時畫些簡單的線條速寫，回家再參考照片補上色彩和光影，有時則整幅重畫。在家裡可以坐下來，在工作桌上慢慢描繪，層層上彩，輕鬆自在。

本來定時散步的主要目的是復健，而描繪散步過程中有趣的事只是它的「副產品」。先整理出幾個主題，依主題去蒐集圖像資料再撰文敘述。有時也會先想好文案，再設法到街頭巷尾去找圖像來豐富它。

就這樣走走、寫寫、畫畫，不知不覺就過了一年。這一年中，因為想要去尋

散步健身要持之以恆，輕便的束口袋，裝著折傘、外套，再加一個小小的熱水壺，每天背著出門可以風雨無阻。

找有趣的事物，每天出門時都興致勃勃的，充滿了動力。剛開始時還拄著枴杖，勉強走到逸仙公園。有了探索的動力後，慢慢的愈走愈遠，探索的半徑漸漸擴展，而且，很有自信的放開了枴杖，雖然還沒進步到健步如飛的程度，但已經很有成就感了！

散步是我的功課，因為加入繪寫的活動，散步就變成遊戲。書中的十二個主題，有些是點到為止，還可以更加深入，例如：〈安全島是美麗島〉這一篇，提到城市景觀的營造與運作，但只介紹一個季節。這情形好像是為讀者打開十二扇窗，請讀者自己去展望、探索。

如果讀者在出門散步時，也開始繪寫、拍照，或者只是單純瀏覽，那都是我所期望的。

目錄

輯一

觀察・發現

生活啊生活，有人覺得平凡無奇，
也有人覺得無奇不有。

遇到小綠人

小綠人的生日是一九九九年的三月十八日。不知道它生日那一天，有沒有人寄生日卡給它，並為它唱生日快樂歌？

佇立在人行穿越道上的小綠人

我常常在逸仙公園附近散步，包括它四周的林蔭人行步道。天氣好，時間夠，就會穿過馬路繞到市政府，附近的公園綠地也適合散步。

這一天，走到十字路口，碰上紅燈。向東行的號誌燈上有一個紅色的小人立正著，表示現在不可以過馬路。我轉頭看南北向的行人號誌燈，有一個綠色小人正努力的走著。一會兒，它的腳步加快，快到要變成跑步時，就輪到東西向的小紅人變成走路的小綠人。我馬上可以穿越馬路了。

平常，我都是繞著市府大樓散步，所以走到東南角，接著左轉朝忠孝東路方向前進。這一天特別好奇的想看清楚小綠人是怎麼「跑」的，所以專程走到松壽路和松智路交叉口，想不到這兒就立著一個不鏽鋼和木板合成的紀念牌，我想知道的答案就在上頭。

紀念牌的下方，小綠人擺出七種姿勢，它就是以這七種姿勢，運用人類視覺暫留（注）的生理現象，演出「走」、「快走」、「跑」、「快跑」等的動畫。這些不同姿勢的小綠人都是由綠色的小圓組成的，每一個小圓，就是一盞小小的燈，

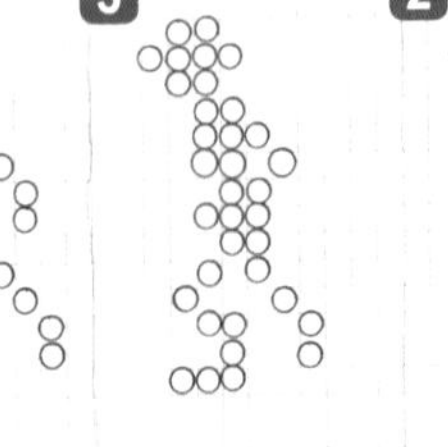

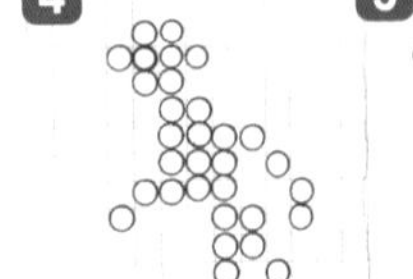

這些燈並不會移動，它們靠「明」和「滅」變化出不同的圖像。

紀念牌上面的文章還告訴我，小綠人的生日是一九九九年的三月十八日，今年是二〇二二年，所以小綠人今年是二十三歲。不知道它生日那一天，有沒有人寄生日卡給它，並為它唱生日快樂歌？

小綠人是在臺灣，臺北出生的，所以它是「臺灣人」。現在世界許多國家的十字路口，都可以看到它在「走動」。可以說小綠人在全球各地同時看到日出和日落、晴天和雨天，很神奇吧！

神奇的小綠人也帶給我一些創作的靈感，下一頁的短篇漫畫曾經在兒童的期刊發表，再拿出來看看也有另一番滋味呢！

注：視覺暫留，光對視網膜所產生的視覺，在閉起眼睛或移開視線時，大腦中的視覺印象不會馬上消失，仍然會保留一段時間。

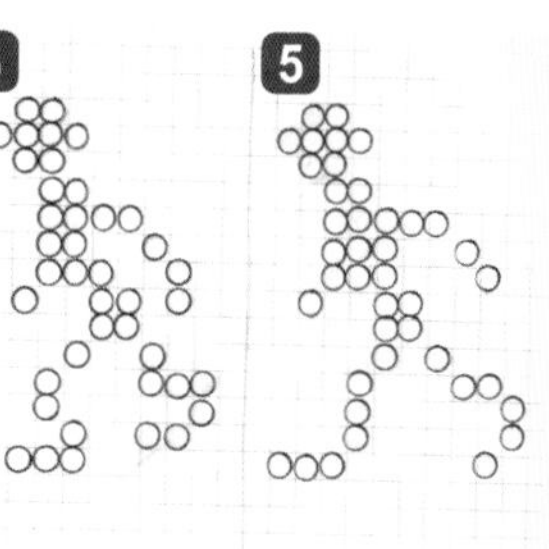

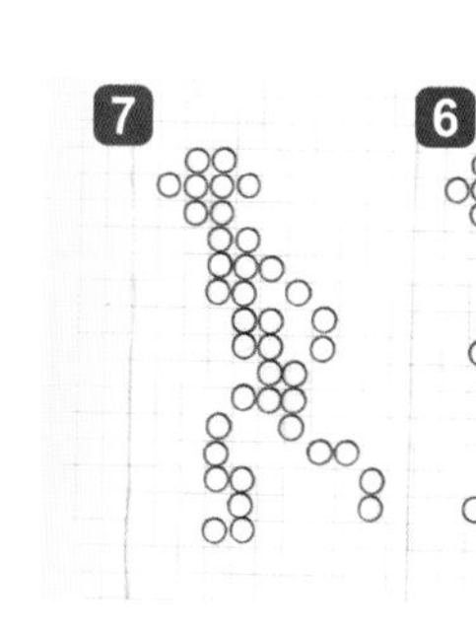

小綠人和它的七個姿勢

紀念牌設立在松壽路和松智路交叉口

因小綠人而啟發的創作靈感

採用倒數計時與小綠人
動畫的新型交通號誌，
就在臺灣誕生。

出門散步的時間

我出門散步的時間，聽命於司晨的鳥聲，最近都提前到五點左右，這時候街上已經很亮了。

天微亮，白頭翁就開嗓唱起「巧克力」，牠們是新任的司晨之鳥。城市裡的居家不方便養雞，而郊區的雞隻也大都被養在「集中營」裡，能夠聽到公雞喔喔啼的機會，幾乎是沒有了。

隨著季節變遷，天亮的時間也不一樣。記得一、二月的時候，大約在六點左右，才會聽到「巧克力」

的歌聲。五、六月，提前到五點，就有此起彼落的「巧克力！巧克力多！」的應答歌，四處響起。

我出門散步的時間，聽命於司晨的鳥聲，最近都提前到五點左右，這時候街上已經很亮了。

準時——方便鐘

出門散步，有時候會帶著手機，但是沒有特別需要，就懶得掏出來看時間。反正，如果在便利商店門口遇到送報的摩托車，大約就是五點十分左右；在公園門口遇到拄著兩根枴杖的老先生，應該就是五點半了；聽到擴音器播出國旗歌，紀念館廣場和市府大樓正在升旗，那一定是六點三十分。因為他們都很準時，就像是我的「方便鐘」。

其他的時間，我依賴那些把鐘掛在顯眼處的店家。最近，發現名牌錶——ROLEX，在許多門市外裝置了突出的小招牌，上面有一個方盒子，以穩重的墨綠底色襯托著金邊的鐘，和金色的皇冠形標誌，在白色看板的陪襯下緩緩轉動著，一條街，就有好幾家，快要達到便利商店的規模了。

古趣盎然——站鐘

這是一座兩腳「站」立的鐘，樣子看起來很老爺，雖然和臺北車站的建築樣式不搭調，它可真的是臺北車站的「站鐘」。

「站鐘」不站在車站的建築物內，而是在它側邊陳列的古董老火車旁。鐘面像老火車頭的頭燈，有個鴨舌帽的帽沿，前方裝有老火車頭才有的保險桿，整體是小木屋的造型，屋頂還附有一個小煙囪，和古董火車頭的煙囪相呼應。

這一天我要搭火車到花蓮，因為到得早，又正值防疫期間不想悶在室內，走到外面散步透氣，才發現這座造型及色彩都充滿古趣的站鐘。它的時間也很準確，可以在它身邊安心的等待上車。

環保設計——風力鐘

在一〇一大樓附近，靠近信義路的小公園，發現這個造型有趣的東西，名叫風力鐘（The Wind Powered Clock）。

說明牌上說它是利用五百零八公尺高的一〇一大樓所產生的「風壓」轉動風力葉輪，驅動風力發電機，並整合電路讓電力穩定的輸出，使得電動時鐘能以均勻速度的動力計時。風力葉輪裝在一個只有尾翼的飛機造

型物上，這個尾翼叫做偏搖裝置，隨時調整機身方向，使風葉迎著風。看到有隻小鳥停在上面，我也把牠畫下來成為作品的一部分。

支撐風力鐘的柱子上設置著三層共九個金鐘，命名「敲聲鐘」。很好奇是由機器敲擊，還是手工敲擊？

打對臺——電子數字鐘

我常常走到樹多人少的市民廣場，就停下來休息，並做一些簡單的體操，均勻一下上肢和下肢的運動量。這兒有兩組電子數字鐘，可以提醒我該回家的時間。

在市府大樓正門上方那一組，面向仁愛路，黑底紅燈，以六個數字表示時間，例如：「06：30：01」。最右邊的兩個數字是「秒」，它不斷的在變化著，有時間持續流失的感覺。

另一組，設在一棟商用大樓的樓頂。面向東方迎著晨光，和Panasonic的招牌及電子螢幕組成一體。它的時間數字比較「口語化」，五點四十四分，就以「5·44」表示，它不呈現「秒」，所以一分鐘才變化一次數字。

兩組電子數字鐘，相距一百公尺左右，一公一私遙遙相對打對臺，重疊服務好像有點兒浪費。不過再深思一些，一個表現的是守法和信守承諾，另一個則是展現精確的技術能力，雙方的目的不完全相同。

散播歡樂——音樂鐘

記得很久以前，曾經帶小孩到忠孝東路的SOGO百貨大門口，等候牆上藝術大鐘的整點報時，那個童話味十足的大鐘，有許多門窗會打開走出許多可愛的小偶，有些房子和花朵圖形會隨著音樂搖搖擺擺的跳舞，相當有趣。

這一天刻意散步到百

貨公司重溫舊夢，因為到的時間太早了，還沒開始營業，但是依然可以欣賞到這個童話鐘。不知道現在整點的報時，還有沒有可愛的表演和美妙的音樂？那是去過迪士尼樂園的人都很熟悉的旋律。

同樣是百貨公司大門口的大鐘，市府轉運站附近這一座鐘走的是華麗、時尚的設計。不同的風格，音樂和鐘聲應該也不一樣，有機會一定要去欣賞。

點亮一座城市

淡淡的天光不但沒有搶走燈光的柔美，還配合著旁邊的枝枝葉葉，將路燈簡潔詩意的造型，如剪影般勾勒出來。

廣場上的路燈，採用簡單大方的方形立柱。巧妙的四個轉彎，
設計簡潔，造型活潑。

那一天早上，天色未開我就出門去散步。走進逸仙公園，發現停車場邊的路燈還亮著，微微的天色襯托下，燈光顯得特別柔和美麗。

平時都是等天色大亮才出來散步，路燈的照明任務已經完成，早已熄燈下班了，所以沒有感覺它們的存在。而夜間出來逛街，也往往只感受到路燈帶來

在微亮的天色襯托下，燈光特別柔和美麗。

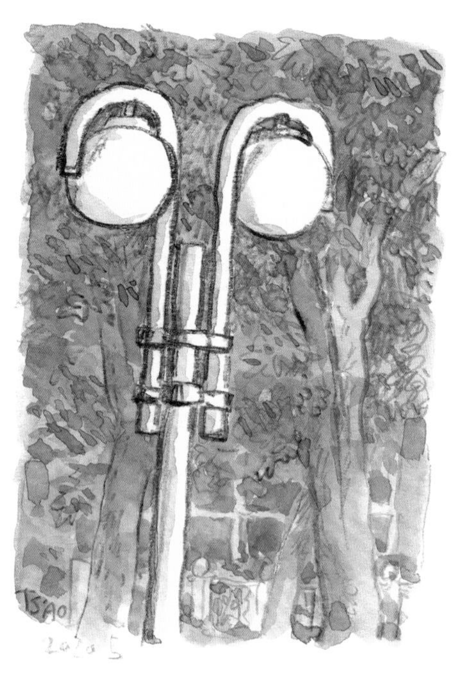

同樣的一柱雙燈，一個簡潔幽默；一個古典優雅。

的明亮與安全，很少注意到路燈本身的模樣。

那一天，淡淡的天光不但沒有搶走燈光的柔美，還配合著旁邊的枝枝葉葉，將路燈簡潔詩意的造型，如剪影般勾勒出來，點醒我去留意街上各式各樣的路燈，體會設計者的別出心裁。

路燈可以簡略的分成兩類，一種是裝在杆上的，一種是嵌在牆上的。

造型摩登，有如飛行器似的路燈，為街道帶來現代感。

常見的路燈是由一根柱子高高撐起，擴大它的照明範圍，同時不讓來往的人車感到刺眼。不論是立在馬路旁或廣場上，都要能承受風吹雨打，所以燈和燈柱的材質都不能馬虎。看起來細細長長的杆子，只要超過一層樓的高度，它的直徑就得超過三十公分才能站得穩。

一般燈杆都是圓柱，臺北市市民廣場上的路燈卻是方形的柱子，我想可能是建築師為了呼應市府大樓方形結構而特別設計的。立方柱純白的色彩，不論晴、陰、雨天，都顯得很有精神。它的燈就藏在頂端橫向突出的方柱體內，相當簡潔俐落。而在大樓後方，有些方形柱比較短一些，沒有曲折的變化，就直挺挺的一根，而且它的燈就是柱、柱就是燈，相當有趣。它使我聯想到以前在中山堂入口的花圃上看見的立燈，兩者都呈現了不同時代「前衛」的美感！

中山堂入口的兩側花臺上，各立一座東方風格的銅製燈座，燈籠的方格造型與石砌的建築相呼應，趣味十足。

嵌在牆上的燈，有著瓦斯燈時代的古典風味。

建築物的外牆嵌上造型優美的燈，除了「點睛」的美感外，當然也有照明道路的功能。我發現許多帶有十八世紀風格的建物上，會裝飾金屬燈籠的壁燈，那是電器燈還不普遍之前，瓦斯燈的造型。那個時代，歐美繁榮的城市還有專門點燈的職人，天一暗下來，就一盞一盞、一條街一條街去點亮。不像現在連點路燈都由電腦控制，不但節省能源，有時候突然烏雲密布，天色暗了下來，路燈也會受到感應而自動亮起來呢！

這盞壁燈雖然也是瓦斯燈時期的造型，但曲線的工藝技巧難度更高，與後方的圓形拱門相互搭配。

這是臺北市政府外牆的路燈，用了九個方形玻璃燈罩組成。為什麼是這樣的組合？用空拍機俯看市政府大樓就明白。

安全島是美麗島

安全島、花臺，或花圃就是小花們的舞臺。如何排列，如何配色，如何配合時令，是園藝設計師決定的，他們就像是節目的策畫或導演。

安全島除了用來分隔行車路線、避免來往車輛擦撞、減少對向車的車燈相互干擾而造成的危險之外，更為城市造景。賞心悅目的道路景觀不但可以舒緩車水馬龍所造成的精神緊張，還藉由植物的生態，調節周圍的空氣品質。

所以，安全島不只鋪上綠綠的青草，還會種上高度正好可以遮住對向車車燈的灌木，如杜鵑花、七里香、仙丹花等可以當矮籬的植物；或者夏天可以遮蔭降溫的喬木，如樟樹、菩提樹、臺灣欒樹和木棉樹等。

夏秋之際，颱風來襲前，公園路燈管理處的人員會修剪行道樹，減少強風帶來的災害損失，這時候，特別容易聞到樹木的味道。有時我會撿拾一些還很青翠的枝葉，回來供在瓶裡享受它的芳香，若有樟樹的葉子，揉一揉，滿手是樟腦香，聽說蚊蟲就會避開。

不論是叫做安全島或分隔島，它更可以被稱作美麗島。隨著季節的變換，臺灣欒樹、菩提、木棉等行道樹，不是葉子變色，就是滿樹開花。有些更是在夏天長滿綠葉，當遮陽傘，到了冬天又體貼的掉光樹葉，好讓溫暖的陽光透過樹枝，照拂大地。個頭較矮的灌木，有的在春天將道路裝點得喜氣洋洋，有些還全年無休的輪流開花。

安全島的美麗除了供經過的車輛、旅客「走馬看花」之外，在路邊散步的人，或附近的居民當然也一併同享。

繁花的演出

有陽光的冬日早晨，輕鬆的外出散步。穿越馬路時，沒注意到綠燈的秒數已經不多，過到一半才發現，馬上要變紅燈了，若強行走過，萬一有車子搶黃燈衝過來，是很危險的。幸好馬路中間有安全島，就暫停在那兒。在等待下一個綠燈時，意外發現安全島上盛開著滿滿的小花，分成紅色和白色兩區，覆蓋在安全島的前端，在深綠色的仙丹葉陪襯之下，顯得特別豔麗。

以前注意過安全島上開的花，有蒲公英、酢漿草、通泉草等，都是稀稀疏疏的沒有這麼密集，聚成一大片。

後來，搭公車經過仁愛路圓環，這兒的安全島上也覆蓋了紅、白、淺黃等各色的小花，因為比較寬廣，覆蓋的面積更大，視覺效果更好。可惜因為花是開在安全島上，想要靠近仔細觀察欣賞，不是很方便。

很幸運的，有一天散步到市議會前，看到公園路燈管理處的小卡車，一些工作人員正在將許多小花移植到入口的花圃上。那些小花本來一叢一叢的種在比馬克杯大一些的黑色軟塑膠培養盆裡，工作人員拿掉培養盆後，連同原來的土壤一起將小花排列在花圃裡。一叢挨著一叢，漸漸的就聚成一大片。依照原先拉線區隔出來的區域，排滿就完成了。看起來好像很簡單，其實事前需要周

詳的計畫，以及在苗圃培育這些小花，都是要花不少的時間和精神的。

舞臺美學

小花展現它們的美麗，就像藝人在舞臺上的演出，安全島、花臺，或花圃就是小花們的舞臺。如何排列，如何配色，如何配合時令，是園藝設計師決定的，他們就像是節目的策畫或導演。而在苗圃栽植，培育這些花苗的園丁，就像是教練或老師了。

有些舞臺，寬大開闊，如國父紀念館前的逸仙公園，或河濱公園，「導演」就讓小花們演出壯觀大方，有如閱兵一般的戲碼。

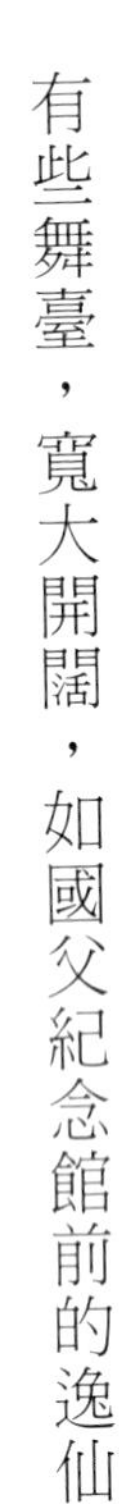

有些舞臺小巧袖珍，如市民廣場那些大杯子，導演讓紅、白兩色的小花在綠葉的襯托下，呈現出如我童年記憶中，冬至那一碗紅白湯圓溫暖的甜味。

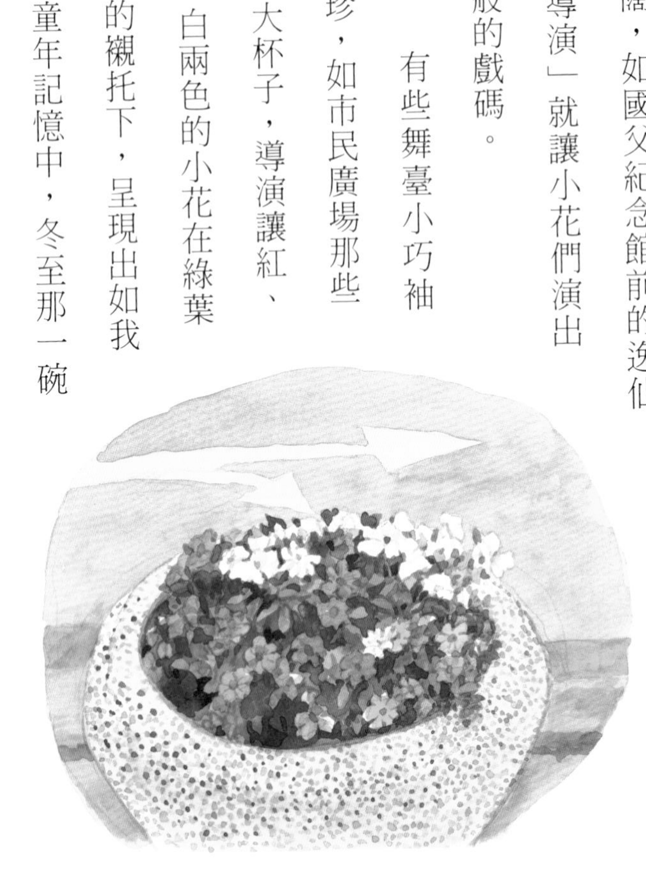

有些小花的舞臺被安排在行道樹的腳下，蓋住樹根的培土上。豔麗的色彩為小葉欖仁和茄苳樹帶來歡

樂的氣氛，就像時下的年輕人穿著最流行的螢光色球鞋一般，輕快，活潑！

不同的季節更換不同的小花。以前看過炮竹紅，雞冠花，聖誕紅（黃花或白花），這一次看到的三種花我都不認得。它們的形狀各異其趣，色彩從純白、桃紅、金紅、豔紅，到淺紫都有。葉子有鋸齒邊的，也有葉面有毛，深綠滾茶色邊的。花形有的像漏斗，有的像長尾巴的蝴蝶，也有薄薄的像紙片一般。這些趣味，走馬看花是享受不到的。

在散步中有美麗的花可以欣賞，真是幸福。除了路邊和公園之外，還有人提供自家的牆壁、階梯和矮牆作為花的舞臺。從花市請來各色菊花和聖誕紅，讓來客和過往的路人共享花的美好，真是美事一樁！

桃紅色或金紅色，如紙片一般的花瓣。兩大兩小搭配得真有趣，葉子有細毛還滾上茶色的邊。

柔軟的花瓣，每一朵都長尾巴，好特別。葉子有鋸齒邊，花色有白、紅等色，花蕊顏色也很鮮豔！

花苞期是深紫色的，開花以後變成豔紅色。洋紅漏斗狀花管，帶毛，色淡。

打開五感，出門走走

上學的時候，你習慣走同一條路嗎？路上的景致每天都是一樣的嗎？如果我們可以用不同的方式觀察這個世界，會不會有什麼意外的驚喜呢？

其實，我們的身體有各種感官可以和周遭環境做連結，例如：眼睛、耳朵、鼻子、嘴巴、皮膚，這些感官雖然細微，卻能幫助你感受世界的無窮，只要啟動這些連結，即使是同一條上學路線，都會讓你充滿新鮮感喔！這些連結的關鍵是什麼呢？

視覺：眼睛看到的事物，如色彩、形狀、空間、景物、動靜。

聽覺：耳朵聽到的聲音，如各種狀聲詞：叮咚、淅瀝、颼颼。

嗅覺：鼻子聞到的氣味，如清香、腐臭、腥羶。
味覺：嘴巴及舌頭品嘗到的滋味或口感，如酸、甜、苦、辣、脆。
觸覺：身體皮膚所接觸到的感受，如冷、熱、軟、硬、乾、溼。

在「觀察．發現」篇章裡，就有許多五感的運用，讓散步變成一趟有趣的探險。例如：

視覺探險

「它們的形狀各異其趣，色彩從純白、桃紅、金紅、艷紅，到淺紫都有。葉子有鋸齒邊的，也有葉面有毛，深綠滾茶色邊的。花形有的像漏斗，有的像長尾巴的蝴蝶，也有薄薄的像紙片一般。」（第41、42頁）

聽覺探險

「五、六月，提前到五點，就有此起彼落的巧克力！巧克力多！的應答歌，四處響起。」（第18頁）

嗅覺探險

「有時我會撿拾一些還很青翠的枝葉，回來供在瓶裡享受它的芳香，若有樟樹的葉子，揉一揉，滿手是樟腦香，聽說蚊蟲就會避開。」（第36頁）

味覺探險

「導演讓紅、白兩色的小花在綠葉的襯托下，呈現出如我童年記憶中，冬至那一碗紅白湯圓溫暖的甜味。」（第40頁）

觸覺探險

「到了冬天又體貼的掉光樹葉，好讓溫暖的陽光透過樹枝，照拂大地。」

（第36頁）

我的觀察筆記

無論是上學的必經之路或假日與家人的小旅行，請試試看，在路上蒐集一樣小東西，也許是一朵花、一片葉子、一根枯樹枝、一枚貝殼或一顆小石頭，請你運用五感仔細的描述它。觀察萬物的細節是改變平凡生活的超級魔法，將這些珍貴的感受記錄下來，或存進你的感官寶庫裡，你也會變成生活的大收藏家喔！

輯二

創意・想像

街頭巷尾藏靈感，
轉角就能撞見妙點子。

路邊的藝術品

有些作品模擬自然物的形態，有些則運用抽象的造型營造意境。散步在這些來自國內、外的藝術作品間，有如一場又一場內容豐盛的小旅行。

辦公大廈的大門口，立著兩人高的粗壯繩結。金色環結在黑色U字形的襯托下，顯得更明亮！它有什麼含意呢？找找看，現場或許有說明牌。

每天散步，可能會有習慣性的路線，走起來感覺親切、安心。但也可能因為太熟悉而感到平淡無奇，降低了「繼續走」的誘因。這時候，不妨試試另一個路線，或走另一個方向。不同的路線，就有不同的風光、不同的建築物、碰到不同的人。有時候因為有些陌生，你的觀察力會因為「新鮮」而更敏銳些。更棒的是，你可能在新的路線上，遇到以前見過、或沒見過的藝術品，擺在路邊任人欣賞、拍照，甚至是可以觸摸的，昂貴的藝術品。

散步可能是一項功課！每天一定要走一萬步或一定要走多遠，但若在途中遇到擺在路邊、廣場上，或大樓門口的藝術品，我總會駐足觀賞。有時旁邊會有精美的說明牌，讀讀看，它會告訴你，誰是創作者？用什麼材料創作的？創作的理念是什麼？這些重要的資訊，讓我們能夠很方便、輕鬆的接近藝術，感受它帶給這個城市不同的氣氛和氣質。

線條簡潔、色彩樸素的現代建築，配上以方與圓構成，大紅色的文字雕塑，顯得特別出色而有朝氣。

一〇一廣場上巨大的胚胎形雕塑，是用退休的電梯鋼纜，仔細纏繞而成。說明牌上對纜繩的長度和創作的意念有清楚的說明，現場觀賞會很感動。

說它們是「路邊的藝術品」表示它們是很容易接近的。更確切一點，應該說它們是安置在「公共空間」供大家欣賞的藝術品。

市政府設置這些藝術品，是為了提升市民的藝術認知，享受藝術的趣味。私人企業在它們的建築物門口或廣場擺設藝術品，一方面展現企業文化，同時也能增進知名度。

而藝術家們藉由作品表達個別不同的理念，以求觀賞者的共鳴。有時透過作品呈現幽默與趣味以娛樂大家，或讓作品融入周遭，讓環境更優美。

人行道突然變成巨人的棋盤，走過這兒會不會被「將」一軍？

在公園滯洪池（注）裡擺上枯木以及用鐵皮切割、拗折而成的小白鷺。而真的白鷺大概因為有伴，感覺很安全，飛過來安心的覓食，為公園的風景增添不少生趣。

有些作品模擬自然物的形態，有些則運用抽象的造型營造意境。雕塑使用的材料包括石材、木材、金屬、玻璃及玻璃纖維等，還運用了風、光、水及電力，讓雕塑動起來，真是無奇不有。

散步在這些來自國內、外的藝術作品間，有如一場又一場內容豐盛的小旅行。

植物園蓮花池畔的青蛙公共電話，以荷葉遮陽，造型相當討喜。
不知道話筒傳來的聲音會不會只有「呱！呱！呱！」。

注：滯洪池，特別開挖出的區域，如同一座大型蓄水池，大雨來襲時，可以提供儲水空間，降低低勢地區的傷害。

好大的「馬屁」！裝上行人專用紅綠燈，不知道為什麼沒有頭？
每次走過這兒，就是想笑！是藝術家的幽默嗎？

不鏽鋼打造而成的雲和雨滴，光滑明亮，雲上還有幾個泡泡，不知道是塑膠還是玻璃？朋友說這個涼亭夠「涼」的，我想製作這件作品一定也很「磨」吧！

走好路

欣賞這些拼貼的藝術時，常會不自覺的停下腳步，好奇的猜測分析，設計者或施工者在這些作品中隱藏了什麼樣的巧思？

塗上綠色的道路也不一定是人行道，這兒就是腳踏車專用的標示。

散步一定要選擇好路，好路就是好走的路，平坦、牢固、不溼、不滑、空氣清新、景致美好、人車分道。在防疫期間，更要注意人不要太多，太擁擠，才可以保持安全距離。

我散步時，一出門先走的是巷道，柏油路面鋪得很平。不過，雖然以綠色畫出人行道，但沒有高低的差別，來往的車輛，稍不注意就會跨過線來，並不是絕對的人車分道。所以趕緊通過巷道，進入大馬路邊，走上貨真價實的人行道，自在的展開散步的行程，朝公園、廣場前進。

「路」大都是前人辛苦開拓的，好走的路是經過用心設計，細心施工，而且有專人在打掃保養。好路淋了雨會很快就乾，因為施工時就已考慮到排水的問題，萬一有地方積水，也馬上會有人將這些積水掃掉，不讓它長出可能害人滑倒的青苔。有好路走，真的要心存感謝。

巷弄裡的街道，常常是人車混雜。人行道畫上綠色，提醒駕車的人注意行人安全，「人行道」三個字和父子圖案可是印在地上的「孔版畫」（注）哦！

拼貼足下風光

城市裡的散步步道，一部分是鋪著柏油的道路，另外一大部分是由水泥、水泥磚、石板、木板或磁磚等各種材質的磚片拼貼鋪設的地面。大概是為了避免塵土飛揚或雨天的泥濘，在都市幾乎看不到泥土或砂石地面的道路了。

這是捷運的進出口，一邊是深色的大片石材，另一邊則是小方塊水泥磚。大石材邊緣的黃線是給明眼人看的，提醒他們注意地面的高低落差。黃色的磚分別有條狀和圓點的凸起，則是為視覺障礙者設的觸覺導引磚。小方塊水泥磚的表面像砂紙一般粗糙，有防滑的功能。

兩旁深色的小磚，將中間白色主調的方形磚襯托得更為明亮。中間粉紅、粉藍的磚跳躍散置，表現出腳步輕快的節奏感。走在這樣的步道上，似乎特別愉快！

注：孔版畫，運用「遮擋與鏤空」的原理，將圖案以外的部分遮蓋，需著色的部分挖空後再均勻上色。

在樹木茂盛的園區裡，採用石材磚，以間距比較寬的方式鋪設。石磚和石磚之間刻意留下草皮生長的空間，讓土地可以呼吸，不會完全被悶住。是兼顧行人方便與植物生態的一種作法。

平滑面、粗糙面、石礫，這三種不同質感的石板交互排列，將石材的粗獷特質，變成一種觸覺的節奏。

灰色水泥磚交錯而成的人行道。正方形的紅磚在中央，排成一直線分隔成兩邊，簡單的表現出「請靠右走」的指示。灰色磚的比例是1×2，紅磚的比例是1.5×1.5。兩塊紅磚對著三塊灰磚，規矩的排列著，有安定的感覺。

這三幅都是長寬比為2：1的磚頭，以人字形砌成的路面，因為配色與結構的差異，產生截然不同的視覺效果。

平時，行人都匆匆的走過，不太會去注意路面的材質與花樣，因為這些地面大都鋪設平整，保養得很好，走來平穩，沒有滑溜或凹凸不平的問題。沒有問題反而不覺得它的存在，就像鳥兒順風飛行，輕鬆自在而忘了有春風的助力。

除了公園的步道或公共建築的廣場外，許多大廈的廊道，也都會選擇特殊質感或色彩的建築材料，配合建築物的本體，用心的設計、施工，拼貼出不同風格、不同情調的地面圖案，可以說是常態性的平面地景藝術展覽。

每天散步，欣賞這些拼貼的藝術時，常會不自覺的停下腳步，好奇的猜測分析，設計者或施工者在這些作品中隱藏了什麼樣的巧思？又或許存在著一些神奇的數字遊戲？

北市府後門（朝東的那一邊）有一小片區域有這樣的彩拼貼地面，在視覺上可以說是由紅、綠、黃三色的六角形組成的，但是施工時一定是以一個一個三角形為單位去組合的。

仁愛路邊一棟臨街的大廈，面向馬路的人行道鋪設大塊的灰色地磚，在大廈入口，以顏色優雅的磚，拼貼了這麼一幅溫暖、細緻的圖案，相當特別。好像表示溫暖的家到了！

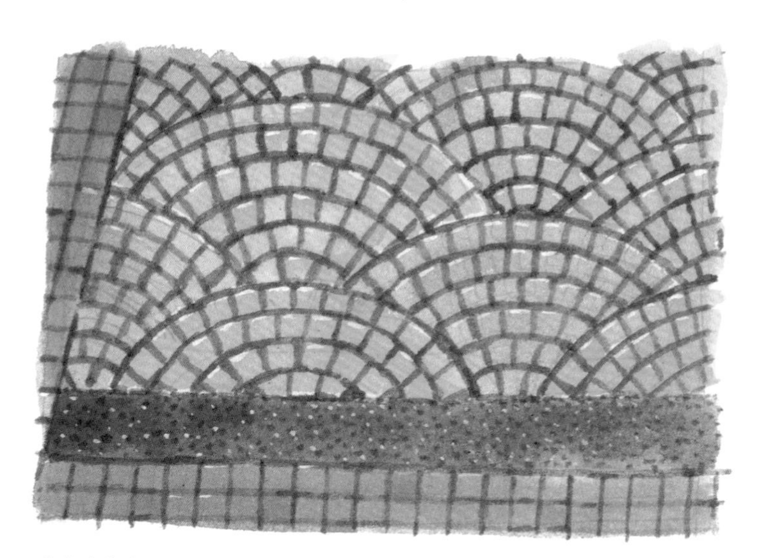

北市府的後門廣場以黃和淺藍的磚鋪設成扇形圖案，整片看起來如波浪般充滿躍動感，走在上面，不自覺想要像海浪似的擺動起來。

這兒有1×1，1×2，2×2三種地磚，以兩種排列方式拼出三種視覺效果很不一樣的區域。三個區交接在一起，形成形與色都很特別的畫面。

散步的節奏

帶著一杯飲料，踩過乾枯的落葉，在沙沙聲中，走過去，坐下來，晒著透過林蔭投下的陽光，靜靜的閱讀喜愛的書，那是多麼幸福的時光。

柔和的造型、活潑的色彩、手作的質感，藝術家創作的椅子，就是不一樣。

散步的節奏，是散步的人自己決定的，依照心情，體力和興趣，自由自在的走。沒有規定要一直走，一直走，不停的走，時間可長可短，有時候可以停下來擦擦汗，喝個水，有時候可以放慢腳步，和同伴或路上碰到的朋友打打招呼，聊聊天。如果有美好的景色或有趣的事物，更可以停下來好好的欣賞。自由讓散步更快樂，豐富，有如隨緣的小旅行。

請坐！

路邊若有一些方便人們坐下來休息的設置，會讓行旅的人感覺到特別的溫馨、親切和體貼。

在郊外，大石頭或橫倒的樹木，都是現成的椅子，斜坡、草地，也可以坐得很舒服。有時沿著公路邊，會設置連續的或一段一段的石墩、矮牆，讓開車的人知道道路的安全界線，一方面增加行車安全，矮牆的高度也正好可以讓人當椅子坐下來休息。

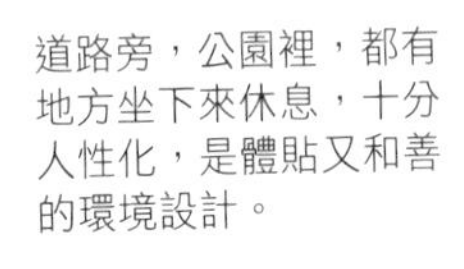

道路旁，公園裡，都有地方坐下來休息，十分人性化，是體貼又和善的環境設計。

各色石板拼貼成的林蔭道旁，由三塊形狀簡單的石頭砌成一座有扶手，造型優雅的雙人座椅。帶著一杯飲料，踩過乾枯的落葉，在沙沙聲中，走過去，坐下來，晒著透過林蔭投下的陽光，靜靜的閱讀喜愛的書，那是多麼幸福的時光。如果旁邊的馬路上來往的車輛少一些，就更棒了。

市區裡的街道或公園裡，也常常體貼的安置了各種椅子，方便來往的行人坐下來談天、休息、欣賞風景。這些椅子大都不能搬動，固定在一定的位置上，因為是露天的，得經得起風吹、雨淋、日晒，所以選用的材料不是石頭、水泥，就是不鏽鋼，要不然就得是經過防水防晒處理過的木材，才能耐久不變形或腐壞。

火車的大鐵輪退休了，改裝成大沙發也很特別，不過，冬天坐可能很涼哦！

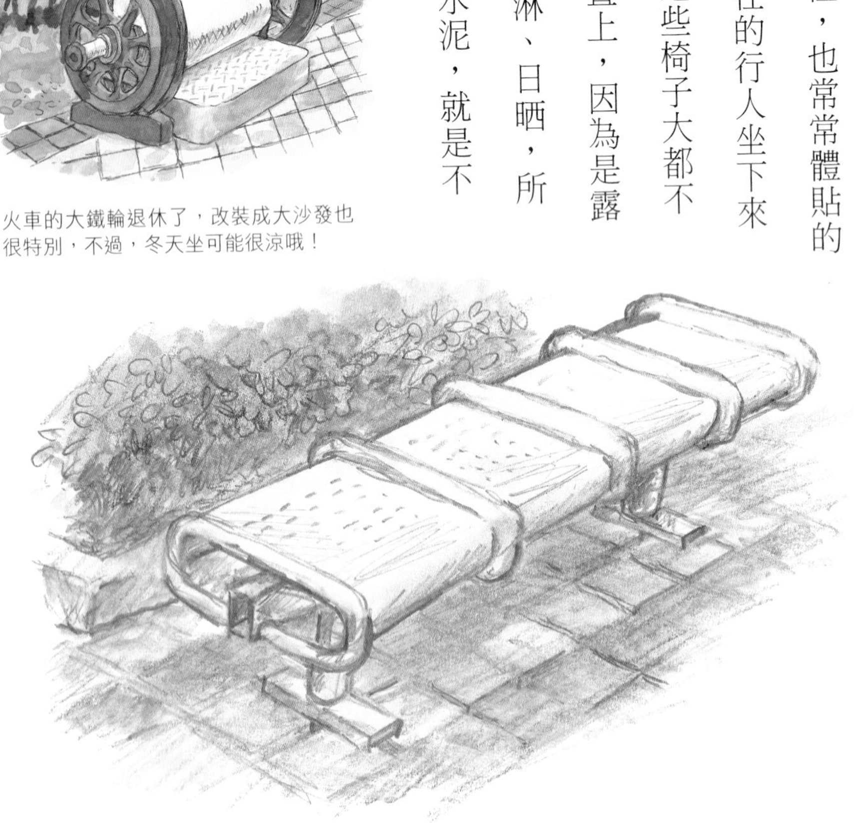

不鏽鋼是戶外家具常用的材料，它的造型則是以容易保持乾淨為第一考慮。

捷運出口的小公園裡有好多石材做成的長椅。看到它們，我第一個想到的是：「哇！好大的花生糖！」真的，看起來好可口，你不覺得嗎？

造型特殊的水泥椅表面經過加工，不但有舒適的靠背，座位前方還有以鵝卵石鋪成，刺激腳底神經用的腳墊，真是相當特別。因為公園很寬闊，坐在那兒吹風晒太陽都很舒服。

人行道的綠籬，繞著行道樹，設一個半圓的彎道，並修築一道彎彎的矮牆，頂上鋪著厚厚的木片，排列成弧形的座椅。同行的好友，坐在這兒休息，可以輕鬆看到同伴的臉，多一分親切，是很貼心的。

椅子藝術

街道上或公園裡的椅子，除了供行人遊客休息外，同時也具備了造景的功能，因此放置的位置要與環境和諧，融合而不突兀，若能凸顯環境的特色更好。所以許多設計者，除了考慮這些椅子能夠坐起來舒服，容易保持乾淨，不必花費太多的人力、財力、時間去維護……等機能性問題外，更在造型、質感、意涵等藝術領域上用心。所以這些公共空間的椅子應該都有藝術家參與設計。

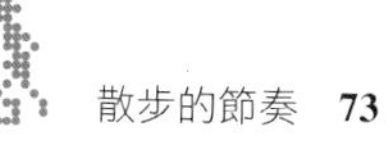

賣豆漿、豆腐、豆花的專門店，擺出這樣的椅子，客人一定印象深刻。它的材質比較適合室內使用。

捷運地下街是風雨無阻的散步廊道，有許多長椅。椅子上擺設了卡通玩偶，增加廊道活潑輕鬆的氣氛，吸引遊客。散步的人坐下來，正好多個伴，不會感到寂寞，相當有趣。

在商店街的公車站牌和捷運出口的電扶梯附近，有個小廣場。設計師用許多直直的方形木棍，排列成有著柔和曲線和太陽光芒造型的長條坐椅。浪漫輕鬆的氣氛，自然的成為年輕人相約、等待的集合地標。

公園裡許多座椅，都會設在風景較好，或較能遮蔭，可以乘涼的「好望角」。

TSAO

好玩的招牌

形形色色的招牌，有的有趣，有的巧妙，就像露天美術展覽，散步時可以慢慢的欣賞。

這是一家童書書店，將招牌上的花栗鼠設計在門上，當作門把，小客人一定看得到。

走在街上，會看到許多招牌，上頭的圖畫、文字，以及招牌的形狀，都是店家或是設計家花心思做出來的。有的有趣，有的巧妙，就像露天美術展覽，散步時可以慢慢的欣賞。

字的風景

除了字體本身的變化之外，運用重疊（圖1）、筆畫變形（圖2）、或圖畫與文字的結合（圖3），以及漢字加羅馬字的構成（圖4）等手法，設計出許多具有特色的招牌；而圖5則是把簡化的圖形，設計得像外星文字似的。

這是一家製造印章的店，特別的是它有五個藍色的招牌，都是小小的，上面的文字也又小又多，很有學問的樣子。

這是一個字和一個簡化的符號合成的。下面英文字母拼出來的讀音是日語的「丸」，有圓圈的意思。「丸」字上的那一點拉長了，變成魚形簡圖的兩道線之一，相當巧妙，你能猜出這是一家什麼店嗎？（圖2）

這個招牌以D和O重疊再加個小圓點，變成一個眼睛，是銷售什麼樣的商品呢？（圖1）

一把秀氣的剪刀，和「子」字合成「好」字，這是一家和剪刀有關的店。（圖3）

別以為那個「家」字中間的英文是家的意思，「GOHAN」是日語「御飯」的拼音。這個小招牌的造型是一粒米，很簡單。賣什麼請你來猜。（圖4）

這個圖案，好像不是由文字變化出來的。那，會是什麼東西的簡圖呢？它出現在牙醫診所的招牌上。（圖5）

可愛的動物造型

可愛的動物造型也常出現在招牌上，以一線畫成的小象，簡單到小朋友都想學著畫（圖6）。藍色小鳥有馬蒂斯剪紙畫的味道（圖7）。數位小點畫出來的豬則表現出每一塊肌肉都在跳舞的感覺（圖8）。少了兩條腿的怪狼展現了義大利神話的神祕（圖9）。看起來像長髮姑娘的貓頭鷹，圖像遊戲的趣味十足（圖10）。將可愛的花栗鼠變成門把，是童書專門店的巧思（第77頁）。

這隻小象是一筆畫再加一個點畫成的，你要不要試試看？（圖6）

說是藍天，結果招牌是白天，大概是那隻鳥的名字叫做藍天吧！（圖7）

用數位的點陣，畫成跳舞的豬，這是一家餐廳。（圖8）

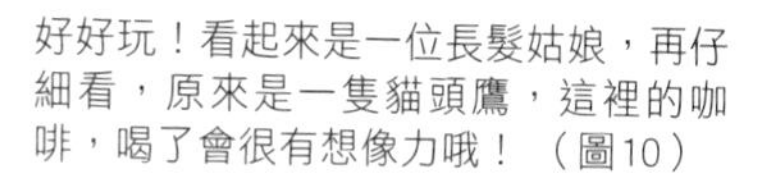

好好玩！看起來是一位長髮姑娘，再仔細看，原來是一隻貓頭鷹，這裡的咖啡，喝了會很有想像力哦！（圖10）

奇怪的狼，是三條腿呢？還是兩條腿一條尾巴？傳說中，狼和義大利的歷史關係密切。（圖9）

特殊的人物形象

特殊的人物出現在招牌上，也會令人印象深刻。餐飲店的大廚有如魔術師（圖11）。營養超人天天來為你服務（圖12）。大碗公裡的胖妞賣什麼？令人好奇（圖13）。鬼面角力選手告訴你，我的墨西哥餅很辣很辣（圖14）！

鐵板切割出來的大廚師，玩著麵條魔術！（圖11）

碗裡有胖妞，猜猜看賣什麼？（圖13）

漢堡變身營養超人！（圖12）

角力鬥士賣墨西哥餅，是不是很辣呢？（圖14）

祕密藏在標誌裡

放學時，你可能會和朋友到便利商店逛逛，買個小點心，但你是否想過，店家招牌上的英文或數字代表了什麼？招牌的圖案和色彩又有什麼意義？

每一個標誌的背後，都有不同的設計意涵，有的很幽默，有的藏著密碼。在〈好玩的招牌〉這一篇文章裡，作者不但仔細的描繪了各種趣味的招牌，也在其中埋下了許多未解之謎，你要不要一起來猜一猜，看看葫蘆裡賣的到底是什麼商品呢？

想一想①

1. 從招牌的英文中猜測，你覺得這是賣什麼商品的店呢？
2. D和O重疊的地方再加個小圓點，看起來像什麼？
3. 使用嫩綠色有特別意義嗎？綠色給人什麼感受？和銷售的商品有沒有關聯？

想一想②

1. 這是一個圖像？還是一個中文字呢？
2. 圖中好像藏著一種動物？是什麼呢？
3. 你喜歡黑白對比色的設計嗎？如果是你會使用什麼顏色呢？

想一想③

1. 簡單的幾何線條給你什麼感覺？
2. 線條勾勒出什麼圖像？可能是銷售什麼商品？
3. 一樣是黑白對比色的設計，和上一張圖有何差別？有不同的視覺效果嗎？

想一想④

1. 橘色的半圓形簡單卻搶眼，給你什麼感覺呢？
2. 這是什麼動物？怎麼是三條腿？還是兩條腿加上尾巴？
3. 這個動物和販賣的產品有什麼關聯性？

想一想⑤

1. 這樣滿滿的一碗，賣的是什麼東西？
2. 碗裡躺著一個胖娃娃，為什麼這樣設計呢？
3. 有趣的招牌會吸引你走進店裡嗎？原因是什麼？

我的觀察筆記

觀察街道巷弄的招牌中，有什麼特別的字體設計？如果是人物、動物的圖像，你覺得它們和產品的關聯性是什麼？店裡可能是賣什麼？如果是你，你會怎麼設計？最能吸引你目光的是哪一個招牌？你會想要走進去一探究竟嗎？請將你的發現與家人或同學分享。

（解答：①隱形眼鏡店　②壽司店　③牙醫診所　④義大利麵店　⑤泰式冰品店）

輯三

感受・思考

重要的不是你如何「看見」，
而是你如何「感受」！

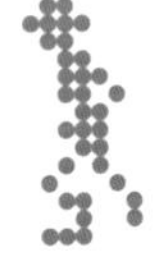

2019

晨光

早晨的太陽，從水平照射到垂直投射，分分秒秒的在變化著。靜態的街景，也因為光影的改變，而有了動態的視覺。

高樓間的天橋，還沒照到陽光，美麗的線條彷彿交響詩，等待著天空的讚美！

起個大早，出門散步去，路上車少人不多，昨夜的塵埃已沉落安定，空氣變得清新，路燈安心的放下它的工作休息了。在微光中走著走著，隨著輕快的腳步，周遭越走越亮的感覺，真好！

前人用「魚肚白」來形容太陽未露臉前天邊的景觀，畫面感十足，只用三個字就「話」出來了，真是高明！

早晨的太陽，從水平照射到垂直投射，分分秒秒的在變化著，照射的角度不同。同樣的街道、樹木、建築，因為光影的不同，也就有了明暗對比、透明、反射、投影及剪影等多樣效果。靜態的街景，也因為光影的改變，而有了動態的視覺。比如二十幾層的高樓，從最高樓層先受到陽光的照拂，然後，漸漸的往下增加受光的樓層。靜靜的守在那兒觀賞，會有大廈從地上的夜幕中緩緩冒出頭來，和太陽打招呼的錯覺。

天微亮，公園旁的步道還很暗，早起的健行者已經踏著穩健的步伐，邁向晨光。

大樓的玻璃窗，將晨曦切割成多彩的亮片！

不論是公寓或大廈，都會有玻璃窗，有些辦公大樓還有整片玻璃帷幕的牆。當太陽初昇，映照著玻璃窗或牆，再投射到另一幢建物的窗或牆上，接著又反射回來，於是當我們極目向東方望去，就可能有出現好多個太陽的奇觀！這可是早起者也很難得見到的美景哦！

所以，我在散步時一定抬頭挺胸，除了希望恢復脊椎的挺直外，也盡量仰望天際，欣賞遠景，放開眼睛的焦距，這樣不但可以維持視力的彈性，更能借用美麗的晨光，開闊心胸！

土堤上的腳踏車，一面沐浴著晨光，一面等待朋友的到來。

大片的玻璃帷幕上映照著對街投射過來的光彩，熱鬧繽紛！

剛探出頭的陽光，由街的東邊向西邊照射，在大片白牆上舞弄樹影。一旁繁盛明亮的金葉，快樂的讚美著。

陽光漸漸昇起，城市的建築，隨著光的移動雕塑著不同的樣貌。

受到晨光照拂的枝葉，先醒過來了！

朝陽帶來亮麗的天光，襯出高樓和樹梢的剪影，慢慢將城市喚醒。

裡面；外面

每一個場域，不一樣的外圍建築，會呈現不同的表情。一邊輕鬆的散步，一邊欣賞這些外圍的「表情」，也是很有趣的。

中正紀念堂的圍牆兼具迴廊的功能

散步途中，會經過公園、學校、社區住宅、商家、餐廳及建築工地等不同的場域。這些地方有的會用圍牆、欄杆或矮牆等不同的設置圍起來。

圍起來就有裡外之分，方便管理維護，也方便營造各種場域的氣氛和特色。說得更明白一點，就是每一個場域，不一樣的外圍建築，會呈現不同的表情。一邊輕鬆的散步，一邊欣賞這些外圍的「表情」，也是很有趣的。

期待多采多姿

正在蓋大樓的工地，除了用鐵皮浪板圍起來，還在旁邊的人行道蓋上遮雨棚，體貼來往的行人。本來質感和色彩都很單調的浪板，巧妙的塗上鮮豔活潑的色彩，帶出喜悅的氣氛，改變了一般人認為工地一定塵土漫漫、灰濛濛的印象。繽紛的色彩，也可以鼓舞在這兒進出的工人，工作起來更有精神！

躍動的線條

頂端弧形的方形立柱，正面開了一個圓洞，俏皮的設計解決了柱子的單調感。上下兩層翠綠色的磚，夾著一層亮麗的黃與橙。這些小方塊像活潑的小朋友，高高低低的躍動著。這一道牆不高，上面還加上幾條波浪狀的不鏽鋼條，動感十足。鋼條末端的不鏽鋼小球，很有「畫龍點睛」的效果。

圍牆不只是圍牆

中正紀念堂的圍牆真氣派（第99頁），不但有藍色琉璃瓦蓋頂，還有充滿東方庭園趣味的造型小窗，窗櫺的花樣也都各異其趣。走進圍牆內，才發現這片圍牆不只是圍牆，而是兼具「迴廊」的功能。

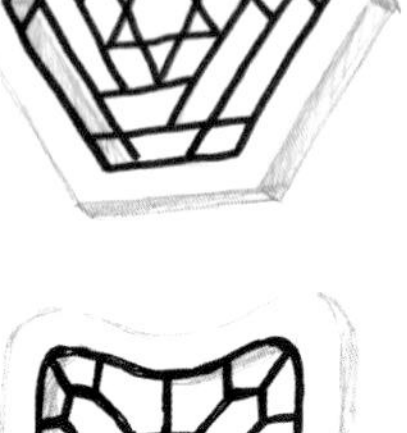

單純、恆久

以一公分見方粗細的方形鐵條，焊接成二方連續圖案的欄杆，以相同的圖形，長長的圍繞著整個逸仙公園。

因為鐵條比較容易生鏽，所以常看到欄杆上掛著「油漆未乾」的牌子。

這張畫是先畫速寫，回家再畫成水彩畫，有些部分是憑著記憶畫出來的，所以不太正確。直立鐵條頂端的箭矢是♠和♣輪流出現的，而我只有畫成一種，第二天再經過那兒才發現這個錯誤，只好請發現的讀者原諒了！

傳統與現代的對話

白牆上嵌有三個綠色透空磚的方形小窗，再配上圓形門洞，頗有江南庭園的韻味。白牆故意分成不連接的三段，在每一段之間配上鐵欄杆，營造出一些現代感。牆上波浪形的塗飾則帶出活潑快樂的氣氛，這是一家外觀令人印象深刻的餐廳。

各取所需

靠近人行道這邊是花臺式的矮牆，而面向學校操場的是視線可以穿透的欄杆，由鐵條焊成、造型活潑。兩種材質與造型的圍牆並行，兼具莊嚴與活潑的含意。就像學校的操場和庭園，在學童上課以外的時間，開放給社區的市民進去散步和運動，讓公共設施有更大的功能，所以這道圍牆是有合理管理的意義，而不是無情的封閉。

閒人勿近

　　施工中的捷運工地，以規格化的藍色金屬板組合成圍牆，每一片金屬板格式都相同。上半是可以通風、透視的網子，下半是縱向凸起，加強支撐力的浪板。藍色的浪板上噴著白色的捷運局標誌，在兩片拼接處裝上警戒號誌的紅色閃燈。

　　這個圍籬將工地和工具擺放處圍起來，避免外人闖入發生危險，干擾工程的進行。圍籬貼上禁止入內的警語和工程內容的說明，讓大家瞭解，以維護安全。

親切的休憩空間

辦公大樓臨街的一小塊三角形地帶，以嫩綠和墨綠的綠籬植物，配上如花布般的黃色磚，全黑石材砌成的矮牆旁立著討喜的紅色陽傘。牆裡是淺橘色的石質桌椅，由綠葉包圍，構成一個親切感十足的歇息空間，可以自由進出。接連地面的黃黑相間斑紋，除了提醒經過的車輛小心行駛之外，也增加了這道矮牆的色彩均衡感，相當有趣。

保持適度的距離

高大的圍牆似乎在宣示牆內是不對外開放的私有空間，雕花的大鐵門也營造高貴的格調。還好，磚紅色帶著溫暖感，還有可以透視的欄柵，加上行道樹的涼蔭，表達了適度的親切，這是一個有花圃的住宅大廈。

水，
真水！

湖面的寬闊、河道的彎曲、飛瀑的豪壯都能令人感受水的多樣表情。有時波光粼粼，有時平滑如鏡，有時滔滔洶湧，從溫柔到雄偉，真是美不勝收。

水，臺語的白讀音是ㄗㄨㄧˋ，文讀音則是ㄙㄨㄧˋ。而美麗，好看，臺語是「媠」，讀音也是ㄙㄨㄧˋ，和「水」的讀音相同。所以故意用「水，真水」來當臺語的「水，真美」，我覺得很有意思。這篇短文就用「水，真水」來談談我在散步時看到「很水」的水，或很「趣味」的水景。

登山、郊遊時，如果能夠看到清澈的小溪、波光粼粼的潭水、埤塘，聽到潺潺的流水聲，或嘩啦嘩啦的瀑布聲，就感覺活力十足，特別有精神。

人離不開水，生活上洗滌、飲用、烹煮要用到水；生產糧食、畜養牲禽更要用水。蓋房子的木材，來自由水涵養成長的樹林。磚瓦、水泥是用水來調製塑造。人還浮水航行，到四面八方去探索旅行。

所以許多重要的文明都緊臨河海江湖。無論在高山、平原或海岸，城市大都在有水的地域發展起來。

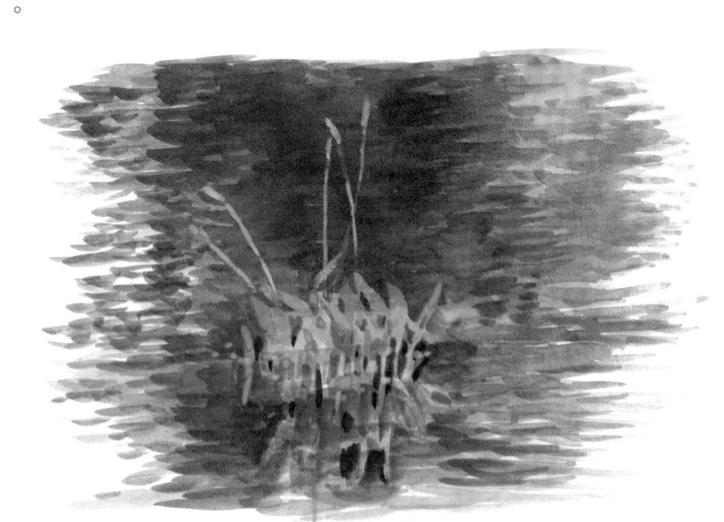

在城市裡被刻意保留的水池美景。

車水馬龍中的「清泉石上流」，相當幽默有趣，不是嗎？

公園裡的造景，一條蜿蜒的人造小溪。

噴水池的白色水柱，好像穿制服的迎賓侍者。

廣場上的綠草地，由彎彎曲曲的水池護衛著。

人類需要水，就想辦法管理水，例如：開鑿渠道，架設水管，從水的源頭引水到需要的地方。他們修築埤塘，將雨水儲存起來，或者築堤造壩，留下更多可用的水，減少乾旱季節的困擾。

水也帶來生活的樂趣，遊山不忘玩水，還說「仁者樂山，智者樂水」。先不提泛舟、垂釣、游泳、潛水的樂趣，光是湖面的寬闊、河道的彎曲、飛瀑的豪壯都能令人感受水的多樣表情。有時波光粼粼，有時平滑如鏡，有時滔滔洶湧，從溫柔到雄偉，真是美不勝收。而水的倒影，更是使我們見慣的景色，也變得姿態萬千。

人口的聚集使城市變得寸土寸金，為了交通及居住的便利，人們蓋道路，蓋房子，想盡方法與水爭地。河邊築起高高的堤防，阻止了洪水，卻也阻止了人們親水的機會。完善的自來水供水系統，方便人們用水，卻失去欣賞自然美景的機會。引水灌溉的大圳，本來兼有小橋流水、兩岸垂柳之美，當良田廢耕蓋起樓房之後，為了讓車子行駛，大圳被加蓋成寬大的道路，而變成下水道了。

外方內圓的水池庭院，加上四周深色的石牆及牆面上的流水，聽說在這裡站一會兒，精神會更好。

大樓外的人行道旁，裝設活水不斷流動的池子，還養了三條三色錦鯉，供過往行人欣賞，真好！

還好，人們還是愛水的。除了假日到山野尋找水的原始美景外，蓋房子的人、管理城市的人或相信命理學的人，他們認為水能生財，流動的水帶有生命的力量，因此運用巧思，在建築物、公園等地以水造景，讓我們在散步時有所發現，有所驚豔，增添了不少散步的樂趣。

記得有一次帶著當時兩、三歲的孫子，散步到國父紀念館，本來他是一心一意要去看「阿兵哥走大步」，但時間還沒到，我們聽到擴音器播放著臺灣名曲，優美的旋律吸引我們走到大門前的方形水池，噴泉正配合音樂變幻著，我們就和其他遊客一起坐在大門的臺階上，聆聽曲子欣賞水舞直到結束，忘了要看衛兵換崗交接那件事了。

放大許多倍的活字（注），在大樓前的水池形成一件景觀藝術，叫人想要猜猜看這棟大樓的業務是什麼？

注：活字，鑄著或刻著單個相反的文字，排版時可以自由組合的方柱形物體。活字印刷術的出現，取代了傳統的抄寫。

熟悉的陌生人

大家每天在同一個時段，走同樣的路線，很自然的天天碰面，慢慢就互相成為熟悉的陌生人，彼此有著淺淺的一點緣分。

雖然單獨一個人去散步，一路上還是有許多同行者。大家每天在同一個時段，走同樣的路線，很自然的天天碰面，慢慢就互相成為熟悉的陌生人，彼此有著淺淺的一點緣分，如果有一天沒碰到，還會有一絲絲的懷念呢！隔些日子又碰到了，心中竟然含有「大家都平安」的欣慰！

滿頭白髮的女士，聽說是退休教授，邁著大步往前走，很有自信的擺動雙手，雖然速度不快，但是一個清晨就走好多趟！同樣動作很大的另一位女士，腳抬得特別高，好像是儀隊的阿兵哥在踏正步！

身體很壯的先生，拄著兩根枴杖，很認真的一步一步慢慢移動著，在太太的協助下，努力做復健的功課，他們一定很期望快些回復兩腳健步的日子吧！

這對父子每天都一起慢跑，很少缺席，常常穿著一身黑。父親戴著墨鏡和黑色的護膝，兒子下巴留著一撮鬍子，樣子相當酷。兒子亦步亦趨的配合著父親的腳步，兩人步伐一致很有節奏感。

迎著金色的晨光，衣服上透著汗漬，雙手握著白色毛巾，重心前傾，腳步穩健。他的樣子讓我想起童年時看到的黃包車夫跑步的樣子。

青春少女跑步的姿勢很專業，彈性很好。馬尾隨著步伐左擺右甩的，就是特別吸睛！另一位女孩，跑起步來感覺特別輕快，像一陣清風飄過，似有一陣清香。

遠遠的就聽到迎面而來的腳步聲，那位中氣十足的阿伯，今天也沒有遲到。他的特色是腳步聲大，嗓音也大！一路上，不論碰到的是男生、女生、老人，還是小孩，一律大聲的喊一句：「勢早！」不論對方有沒有回應，堅持每天見面一定很有精神的打招呼！真是「只問耕耘，不問收穫！」好開朗的個性。

天微亮，清潔人員都趁早出來工作，他們每天都把握天色大亮之前，將前一天路上的落葉微塵清掃乾淨，帶給大家一天清爽的開始。

大馬路上空間寬闊，手上握著竹掃帚，以橫掃千軍的氣勢揮灑著，又在路邊停放的車輛間，以掃帚的細枝，靈巧的挑出藏在角落的落葉碎片，細膩動作有如繡花，在路邊歇腳的人，不知道有沒有注意到這些精彩的片段？

清晨，他們在馬路上塗顏料、畫大畫、寫大字，標示人車安全的行進路線。雖然到處都看得到他們的作品，但能看到工作中的情形，真的是一種巧遇！

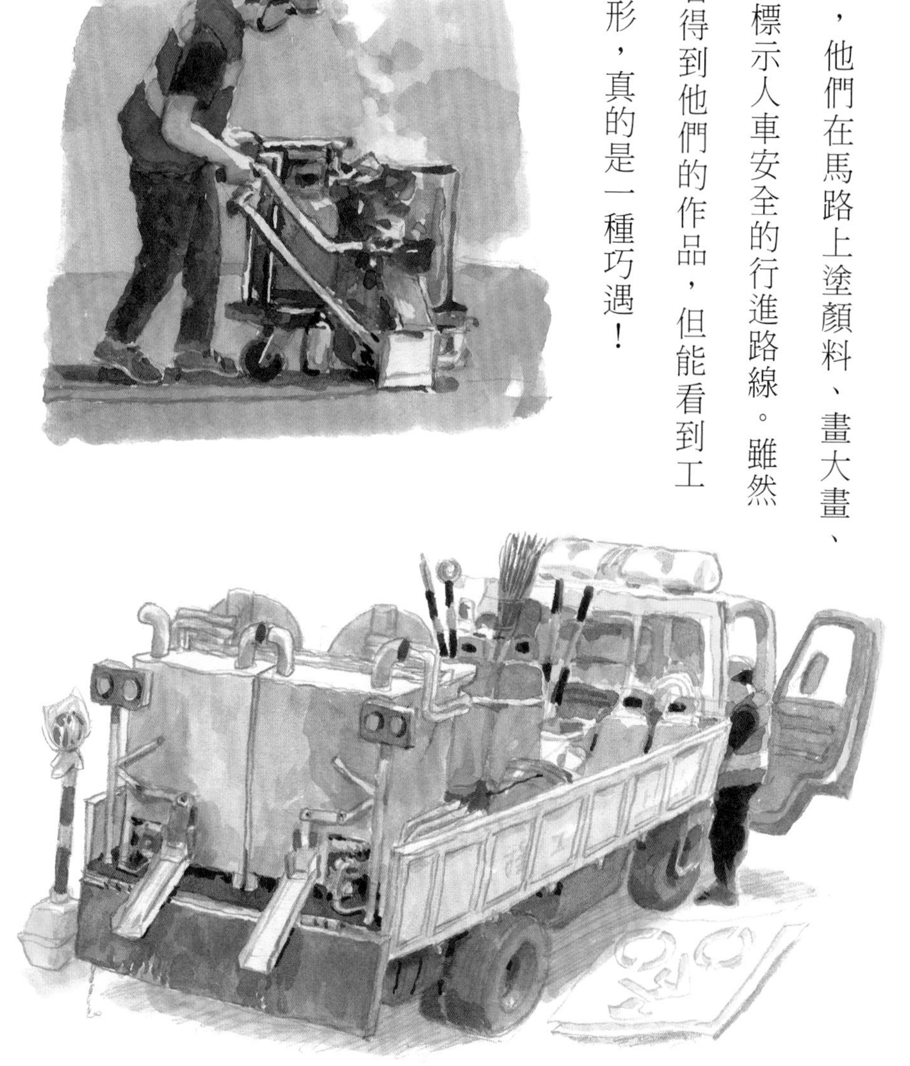

一邊散步，一邊思考

散步可以是純粹的輕鬆走路，但有時因為身心舒暢，腦袋放鬆，反而會有更多跳耀性的思緒冒出來。有人藉由觀察周遭的人或物尋找靈感，也有人喜歡一邊散步，一邊思考。生物學家達爾文每天都到實驗室附近的沙徑走走，他稱那條小徑為「思考之路」；文學家梭羅把大多數的時間拿來思考、寫作，以及散步；哲學家尼采說：「所有偉大的思想均源自於漫步」。

在「感受．思考」的篇章裡，就有許多充滿哲思的觀察。例如：你認為街道上的建築物是靜止的、不變的嗎？但是在〈晨光〉一文中，作者觀察到早晨的太陽，從水平照射到垂直投射，是分分秒秒在變化的，因為光影的改變，建築物產生了明暗、對比、反射、投影等多種效果，靜態的街景因此有了動態的視覺。請你再次思考一下，這其中「變」與「不變」的是什麼呢？

散步時，因為不同的人、事、物或風景會刺激我們產生更多擴散性的想法。要如何將你的觀察，透過思考，產生細膩的感受？「九宮格聯想法」或許是一個有趣又簡單的方式。你只要畫出九個格子，將主題寫在正中央，接著向外擴展，在八個空格中寫下與這個主題有關的聯想，就可以激盪出無限的創意！

例如：以〈裡面；外面〉這篇文章的主題「圍牆」來舉例，可以發展出什麼樣的思考圖像呢？

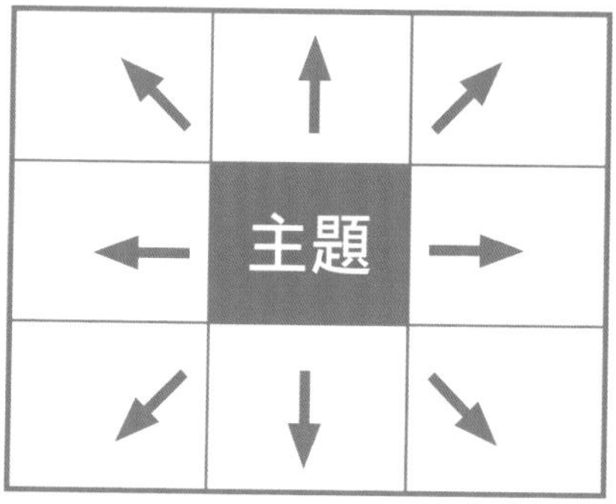

↖	↑	↗
←	主題	→
↙	↓	↘

相關思考

牆是什麼材質？上面有什麼裝飾？和牆類似的還有什麼事物？例如：磚瓦、鐵條、藤蔓、柵欄等比較具體的東西。

虛實思考

牆有什麼象徵意義？你會把牆譬喻成什麼？例如：堅固、阻隔、封閉等比較抽象的概念。

相反思考

和牆的意象相反的是什麼？例如：自由、穿越、倒塌、開放。

聯結思考

牆的用途、意義或想像是什麼？例如：區隔裡面、外面、攀爬、禁止。

我的觀察筆記

請你試試看，在每一次散步的過程中設定一個主題，你可以與同學、家人玩聯想的遊戲，也可以將自己的觀察記錄下來。請記得第一輪的九宮格或許是平凡的，一般人都能察覺到的想法，你可以試著做第二輪、第三輪的思考，或許一開始會有些腸枯思竭，但後面這個階段呈現的才會是真正的創意，有價值的思考。除了創意發想之外，九宮格也能延伸在更多地方，例如：作文大綱、整理課堂筆記、訂定各種計畫，請你好好的運用吧！

藤蔓	柵欄	磚瓦
穿越	圍牆	阻隔
自由	裡面	外面

國家圖書館出版品預行編目資料

帶著五感 一起去散步／曹俊彥文.圖. -- 初版. -- 臺北市：幼獅文化事業股份有限公司, 2022.06
面； 公分. --(散文館；40)

ISBN 978-986-449-265-7(平裝)

863.55　　　111007515

．散文館040．

帶著五感 一起去散步

作　　者＝曹俊彥
出 版 者＝幼獅文化事業股份有限公司
發 行 人＝李鍾桂
總 經 理＝王華金
總 編 輯＝林碧琪
主　　編＝沈怡汝
特約編輯・文案編寫＝陳秀琴
美術編輯＝李祥銘
總 公 司＝(10045)臺北市重慶南路1段66-1號3樓
電　　話＝(02)2311-2832
傳　　真＝(02)2311-5368
郵政劃撥＝00033368

印　　刷＝龍祥印刷股份有限公司
定　　價＝340元
港　　幣＝113元
初　　版＝2022.06
書　　號＝986297

幼獅樂讀網
http://www.youth.com.tw
幼獅購物網
http://shopping.youth.com.tw
e-mail:customer@youth.com.tw

行政院新聞局核准登記證局版臺業字第0143號